三上満贈答歌集
武蔵野書院

この書を詠歌の機会を作ってくださったすべての方々に捧げます。

歌めきし　三上満贈答歌集

目次

春

新学期始まる折、自らの装いについての問ひのあれば詠みてたてまつりける。

さりげなく季節の装ひ問ふ君のしぐさになじむ今朝の春風

春めきたる調べの聞ゆれば、詠みてたてまつりける。

久々に黒髪上げた君の弾くピアノの調べに聞く春の声

内部進学者登校の折、日頃なじみし娘、常とは異なる髪形したる様をかしければ、詠みてつかはしける。

束ね髪　結び目ずらし前に垂る　十五の君の春爛（ゆ）かむとす

夏

題知らず

夏服の少女の歩み陽に映えてまぶしくなりぬ初夏の街並み

担当授業終へて大学にまゐらむとするに、通院早退とて共にまからむとあれば、詠みてつかはしける。

傘を置きてともに歩まん昼の街　続くともなき梅雨のはれまに

修理終えたりし楽器を吹く姿をかしければ、詠みてたてまつりける。

試みにフルート見つめ吹く君のかしげる仕草も初夏の絵となる

また詠みたてまつりける。

試奏する生徒に注ぐまなざしに君のたどりし時をほの見る

題知らず

目になじむ並木の緑影さえてよぎる想いに巡る初夏の日

この一首　前二首の連れ。

秋

遠方の友に文遣るとて、

街の灯のまばらに灯るまた一つ　やや景色めく秋の夕べに

題知らず

夏枯れの薄の朽ち葉色さめてほのかに揺れる秋雨の頃

この年六月始業なれば、十月に初めて冬服姿になるに、三組の黒板に、深緑色の制服への文系娘の自虐の句あれば、心知りたる理系娘に書き添へさす。

冬服を着初むる少女も晴れやかに緑色添ふコロナ禍の秋

文系娘のかへし（品性保持のため伏字あり）

黙りなさい　何を着ようと◯◯みどり　晴れるわけないこんな制服

他校とまがふことなく、たちまち素姓のバレるがにくければとぞ。

冬

題知らず

並みいそぐ生徒の息もほの白く薄日に映ゆる朝霜の街

遠方の友に文遣るとて、

冬の陽に映れる影の淡く濃き　まばゆさ残る朝霜の原

ある生徒の、冬の歌詠まむとするに、はかゆかなければ、同じ素材を用ゐて、替はりて詠める。

たれこめし師走の空に風さえて影のみ著(し)るき冬枯れの木々

相聞

もろともに楽器店にまからむとするに、車の傍にて待つ姿の艶なれば、
春の雨フロントガラスに舞い落ちる花弁（はなびら）摘みつつ我を待つ君

初めて文遣るとて、

君に問ひし君にこたへし我が顔の肌のほてりもなつかしき夜

題知らず

うつむきてやや染む頬に手を添える君の仕草に心なごみぬ

やはらかき君の瞳に陰さして窓辺に弱る秋の午後の陽

目をそらし無言でよぎる君が背に生きてる罪をかみしめる我

身の咎を心のうちに言問ひぬ　生きる痛みを知る君が目に

君が目にわずかにもどる明るさに秋の日差しも身にやわらぎぬ

右五首、詠みて後に合はせてつかはしける。

修理依頼書に署名するとて、

初署名　心も空に走り書く　あまりの文字に耳熱くなる

またある時、

そつのない営業スマイル離れたる君の笑顔も見たき夕暮れ

またある時、

新調の制服きめた君の胸に勤めみてとるペンの多さに

またある時、

鮮やかに議論を制しふと思う　首振る君に言葉無き我

右四首、後に合はせてたてまつりける。

日頃通ひけるスーパーに夜半に行くに、レジの君、常に増して楽しげなれば、ゆゑ問ふに、「今日は半時早上がりなれば」と言へば、詠みてつかはしける。

九時間近　明るさ増した？レジの君　いつもこうよと問いに笑みつつ

髪形について語らふことありし後、時々好みと告げし髪形にしあれば、詠みてつかはしける。

丈長き黒髪束ねる位置取りに君の心のありか言問ふ

日頃の心遣ひのお礼とて、詠みてつかはしける。

買い物は体と心の栄養源　レジ打つ君の優しさに触れ

日頃の想ひを込めて、詠みてつかはしける。

コロナ禍中プラ板ばん越しのミニ会話　元気いただく君の笑顔に

また詠みてつかはしける。

大晦日　レジ打つ君と年越しのあいさつかわし心ゆく我

赴任して間もなくの折、ありし選択教室に行くに、前に二人たちて、部屋遷り

しかば、案内（あない）せんと導く姿のいみじければ、

にわかなる教室変更知らす君　佇（たたず）む姿も柔らげに見ゆ

卒業せし後に参りたれば、そのをりのとて詠みてつかはしける。

日ごろ、生徒とは異なる道をたどりて学校に向かひたりしを、ある時駅にて、娘の心知りたる、我を呼びてともにまゐらむとあれば、詠みてつかはしける。

朝の駅　先生と呼ばれ我もまた少女の列に君と溶け入る

かへし　　　　　　　　　　　　あやか

君の背に「先生」と呼び胸が鳴る　隣を歩く朝の幸せ

日頃、我がしつらひに心留むる娘のあれば、詠みてつかはしける。

授業ごとチェック楽しむ君思ひ乏しき中から選ぶネクタイ

コロナ禍中、バレンタインチョコ自粛の通達あるに、密かにチョコを届けし娘のいとほしければ、詠みてつかはしける。

禁破り？君の届けしチョコ一つ　こっそり味わう放課後の春

コロナ禍の中やうやう開かれし吹奏楽部の定演に、引退なればとて招れて後、パンフの裏表紙絵、自ら描きしと聞きて、後に詠みてつかはしける。

君描く定演パンフの表紙絵の包む優しさ滲む憧れ

帰宅の折、同乗したる娘二人、下車してホームにて見送る様のいみじうら
うたげなれば、それぞれに詠みてつかはしける。

マフラーに瞳のぞかせ両手振る君の仕草に心ぬくみぬ

前髪にのぞく瞳もやわらかに手を振る君に心なごみぬ

合唱部の引退公演ありとて招かれしかば、詠みてつかはしける。

君の声分きて聴かばやコーラスの合へばこそ澄む調べにあれども

廊下に飾られし画題に彼岸花を選びしゆゑ問ふに、なほみづからは心ゆかずとむつかる様いとほしければ、後に詠みてつかはしける。

あひなしと君はいえども彼岸花　心の襞(ひだ)ぞ絵にあらはなる

コロナ禍中、短縮午前授業の折のこととて詠みてつかはしける。

日頃見る質問席に君は無し　帰宅自明のコロナ禍の午後

いぶせきことありし試験日の朝、三組娘二人の断末魔の質問あれば、あさましといふも心はるれば、詠みてつかはしける。

他愛なき君の質問　さはあれど沈んだ気持ち上向きにする

例のごと試験の監督に三組にゆくに、試験開始直前、心知りたる娘、我が数珠預かり給へとあれば、いぶかるままにうべなひて、後に詠みてつかはしける。

試験前　数珠預かってと託す君　ゆえこそわかね心ゆかしき

思ふところあれば、詠みてつかはしける。

さりげなく頬杖つける君を見る　黒髪切りしゆゑ偲びつつ

かへし　　　　　　　　　　りを

落ちてくる髪かきあげるアホ面が静かになるのは冒険譚のみ

冒険譚とは我が登山などの行状話にして、おしゃべり常なる授業中、その話聞く時のみ自らは静まるとの心なるべし。

かへし

をこなりと君な定めそ　玉の緒のうつし心を我し知るれば

放課後語らふに、ダイエットせんとの言あげあれば、「今の姿もなかなか頼もしげなり」と言へば、「その言葉、先生ならでは許すまじ」と言ひたりし様のいとほしければ、詠みてつかはしける。

ダイエット　揶揄する我に怒る君　浴びせる言葉にいじらしさあり

この娘、授業中の言葉少なき様と放課後の部活姿の差いみじければ、また詠みてつかはしける。

授業時のうつむき姿は別の人？　胴着袴の君ぞ凛々しき

時折心知れる理系娘とともにゆかしげに質問にきたる文系娘のあれば、詠みてつかはしける。

親しみを教科の問につつみをき尋ぬる君を睦まじくみゆ

日頃授業楽しといひ、質問する様いとどまめまめしくをかしげなる娘の四組に
あれば、詠みてつかはしける。

今日もまた質問の輪に君がいる　コロナ禍三密無きが如くに

娘三人に連れられて真冬の筑波山に登る折、文化部とて体力を案じし娘、案に違ひて先頭にて足早に登り、後追うことなかなか難きことありて心に残りければ、後に詠みてつかはしける。

ヴィオラ弾く優美さどこへ　我忘れ頂上目指し突き進む君

オーケストラ部の引退公演に招かれしことに言寄せたり。我忘れの句に二つの意味込めたり。

桜の頃、娘五人に引かれて高尾山に登るに、娘二人ことに心の昂まり抑へがたくののしりわたる様いみじければ、詠みてつかはしける。

山深み雄叫ぶ君に我もまた身を解き放ち春をむさぼる

この一人、例の制服倦む歌作りし文系娘たりしとぞ。

日帰り修学旅行の土産にコップを渡すとて詠める。　あやか

カビはえし紅茶ボトルに口つける君を想ってコップ買いたり

かへし、縁語にしたてたる。

コロナ禍中　日帰り旅の手土産にあつき少女の想ひ汲むかな

日頃使ひ回ししミルクティーの入りたりしポリ容器に黒カビの生えたりしを、苦しからずとて使ひければ、心通へる四組の娘二人、体に悪しとて、修学旅行代はりの日帰りバス旅行の土産とてコップ持て来たりし心ばへのいみじさを詠むなり。

誕生日カードを届けし心知りたる娘、三年生なれど、なほ夏まで部活ありと言ふを聞きて、登山の帰り、水上の町営温泉にて馬模様のハンケチタオル贖ひて、御返しに渡すとて、

夏の日も部活続ける君思ひ汗の備へに贈るハンケチ

心知れる娘、スマホにて小論文の添削乞ふに、ゆかしけれど、小画面の読解も
文字の打ち込みもはかゆかなければ、

スマホにて小論添削乞う君に　いとしいとはし　心ゆれつつ

かへし　　　　　　　　　　　　らな

スマホ駆使し　諄々（じゅんじゅん）諭す「先生」に『こころ』の世界見出すわたし

またのかへし

名作の同性師弟なぞる君　嬉し口惜し　異性ならねば

「このかへしあだめきたればにくし」とあればまた、

名作の師弟関係見る君に省みつつもスマホまた繰（く）る

仏像好ききを知られたる娘の、心幼げなる友慈しむ心めでたければ、詠みて
つかはしける。

仏像を崇める心そのままに友見る君の目線優しき

かへし　　　薫

あまたある師からの教へかぎりなし　年月へてもいかで忘れむ

長月の師との別れよあはれなり　いかで忘れむ　さうなき貴方（きみ）を

我九月に学校まからむとするに言寄せたり。

五月半ばの頃、試験作りに手間取りて、六時過ぎに心いぶせきまま帰途に就くに、駅入り口にて心知りたる娘三人、空を指差し虹のかかるを知らすれば、見るに心はるれば、詠みてつかはしける。

虹眺め梅雨めく心もはれるかな　指差す君と空を仰げば

同じ時、ホームにて娘達、虹二重になりたるとののしるに、虹の色分けのこと語りあふに、娘の一人、わが身と等しく色覚人と異なること明かせば、むつまじき想ひさらにませば、詠みてつかはしける。

虹見つめ色覚弱きを明かす君　かざらぬ心に想ひますかな

この娘、例のホームにて手を振りし一人なり。

一学期の中間試験初めの日、三組の娘三人質問にきたるに、理解不足のほどすごければ、あさましとてとがむるに、その一人「我はこの学校に入りてこそをこになりたれ」といへば詠みてつかはしける。

怠学は良い子疲れの合併症？　力なき身と君な定めそ

日頃読解力高きをめでたる四組娘、試験終えるままに来りて、はかゆかなきよし告げしかば、詠みてつかはしける。

ミスしたと期待に添へぬを詫びる君　沈める口調もいじらしく見ゆ

この娘、期末試験の折は選抜組娘に互して得点上位者に名連ねたり。

コロナ禍中、短縮の形にて運動会ありけるに、またの日心知りたる娘、運動会の心を詠めと求めたりしかば、詠みてつかはしける。

つゆばれの光の中に弾む君　ツインテールを風になびかせ

ゆうき

かへし

髪形の違反注意をはね返す気持ちが祭りのエネルギーなり

ツインテールは校則違反にて当日いみじう叱られしとぞ。

放課後、古典文法補習を受くるに、をこなる誤りするたびに拳骨を得れば、師の眸を見つつ、慄きつつ正解を改めつつをるに、この師、生徒との歌の贈答したるを知りて、師の新たな面を知りたるとて詠める。そうぼうに相貌と双眸を掛けたり。

鮨屋

いす寄せてペケ食らひてははたかれり　解をあらたにそうぼうを見る

「相貌」を用ゐしは先頃学びし難解評論文の鍵言葉なればなりとぞ。

かへし、いにしへ文のみならず歌にも心寄せるはめでたしとて、

もろともに文(ふみ)歌そうほう打ち込まむ　古文の楽しみ君の知るべく

縁語にしたてたる。

選抜組理系娘のこの四月より教へそめたる、「今学びたる『舞姫』の筋こそさらにえ分きまへね」と悩みをれば、例の数珠預けし理系娘の普通組なる、「我は易く心得たるものを、選抜組につきづきしかからぬ物な言ひそ」とさいなめば、「我しも六組にをるこそ不思議のことなれ」とてわびる様いみじゅうあはれなれば、詠みてつかはしける。

選抜にゐるのが不思議と首ひねる国語音痴の君ぞいとしき

四月より教へ初めたる国語の師の、絵解き楽しく、漫画と本を好むことこよなかりし我をゆかしがらせること少なからざれば、イラスト添へて詠みたてまつりける。

ゆい

如何なれや「理」の光より輝く「文」教える翁の「絵」打ち光れり

かへし

国語の翁

理系組　文学苦手の多ければ　君よ授業の光たるべし

この娘、期末試験にて「国語総合」、一点差で学年二位になりたり。

この四月より教へ初めし七組の娘二人、おさげ髪を我好むと知るままに来りて、
その一人の「やがて三ツ編みにせむずれば、想ひ描くべし」とて髪結ふしぐさ
まねぶ様をかしければ、

まぼろしの三ツ編み見てと髪しめすショートカットの君はえみつつ

片つ方の娘、みづからは三ツ編み髪なれば、したり顔に連れの仕草を眺めをる
姿のをかしければ、ともに詠みてつかはしける。

まぼろしの髪形語る友眺め三ツ編み姿の君は微笑む

その二人の友の娘、二人のみ歌賜(た)ぶはねたしとて、「我にも歌賜(た)べ賜べ」とせちに求むる様らうたげなれば、詠みてつかはしける。

歌得たる友に負けじとうったへる歌乞ふ君ぞまた歌となる

またその友の娘、我もまた歌得まほしと思ひたれば、みそかに「このつごもりなむ我が生まれ日なれば歌賜へ」とあれば、

我が歌を生まれの日を告げ乞ふる君　少女のはにかみ笑みに宿して

三十日（みそか）生まれ娘のかへし　千夏

歌もらい返歌に困る四少女　君喜ばそうと五限内職

三ツ編み娘のかへし　もう一人の千夏

さくら、千夏、文香と我に三つ編みを求める君は長月に去る

ショートカット娘の詠める。　文香

黒板を下げずに使う国語の師　背伸びして書く君いとほほえまし

歌賜べ娘の詠める。　さくら

七組に『舞姫』教え去る先生　このままずっと授業受けたい

理系娘のこぞよりわたくしごとに古文と音曲教へ授けたる、七月になりて、ほどなく別かるるをあはれとや思ひけむ、ちかごろやうやう髪三つに編み分けしことあれば、ゆかしくて、詠みてつかはしける。

望む如（ごと）少女のたしなみあらはなる　澄みたる願ひ目に宿す君

心知る娘のらうたげなる、わたくし時とは異に、授業に心入らざること多かれば、あまたたびおほやけ様に辛くさいなむに、さらに験なければ詠みてつかはしける。

好きな子にちょっかい出すのと似ると見し？　毒づく我に君は笑みつつ
かへし　　　　　　　　　　　　　　　　なみこ
叱られるワタシの気持ちわかります？　無視はイヤだしやりすぎもイヤ！

赴任して初めて二年理系娘の授業に臨みし折、今とは異にて、皆国語学びもの憂く思ふ様あらはなる中に、ある娘の嬉しげに笑みたる姿になぐさめらるることありしを、近ごろその娘、小論文学ばんと持てきたるを見れば、看護士志望なりしかば、むべなりけりと心得て、詠みてつかはしける。

初授業緊張和ます君の笑み　看護の小論閲（み）つつ偲びぬ

かへし　　はるか

慣れている国語の先生去って行く　楽しき授業もう終わりかな

二十あまり三日、望みて級長たりし三組娘の心知りたる、四時間目の国語時、のどやかに内職せし後、「今日誕生日なれば歌賜べ」といへば、あさましといふもをろかなれど、いなぶもおとなげなければ、すなはち詠める。

十八の祝いの日にぞあらはなる　甘える君と背伸びする君

絵と題字をものせし四組娘に詠みてつかはしける。

君描く少女の面ざし見るままに歌めく心人も知るらむ

羇旅相聞

能登を巡りし折、

秋の陽に静かにうづむ荒れ寺の垣根に黄色き実はなりにけり

黄色の実橘と知らぬ我が問ひにバラミカンの名を友は教へり

バラミカン　バラミカンの名の響き君が笑顔のやはらかさあり

軒端にて君に示しし橘の黄色き実にも秋の陽の射す

帰り来ればカバンの隅より橘の甘き香りのほのか漂ふ

右五首　大学級友との旅行文集に「バラミカンの歌」となむ載せたりし。

歩み行く君が白き襟元の我が目には映ゆ　秋の陽ざしに

潮騒に黒き瞳を輝かせ何見るや君　秋の磯辺に

右二首　同じ旅の詠とて文集に載せける。

同じく輪島でのこととて詠める。

時雨る街　一つの傘に二人行く君が肩辺(かたへ)に秋の露あり

修学旅行とて熊本にまかりし折、はかりて、城にて会ひてともに巡るに、既に
巡りたりける某庭園公園の風情を具に語る様艶なれば、詠みてつかはしける。

旅の地の初夏の光のなつかしき　君の言葉も風に歌えば

また詠みてつかはしける。

吹き返す若葉の影もやや涼し　風にまかせて歩む午後の日

修学旅行の折、ブリスベンのショッピングモールにて。

プレゼント首につけてとせがむ君　うなじを前に胸の高鳴る

四月下旬、上越登山の折、黎明に谷川岳の景色送るに、残雪登山を心もとながる返り言のとくあれば、後に詠みてつかはしける。

身を案ず君の言葉に力得て朝日踏みしむ残雪の峰

雑歌

独居黄昏歌

買い物に行く度毎に言葉を交はし年頃経にければ、詠みてつかはしける。

レジを打つ君の笑顔をオカズにし一人楽しむ夜の食卓

深更入浴

じわじわとなぜか鳥肌這い上がる　年の瀬近き夜半の湯漬かり

女子校教員の嗜みとて、
替えはナシ臭うは厳禁　今日もまた消臭剤（スプレー）頼みの三日着の朝

四月初旬の赤石山系登山の折、緊急雪中泊せしこと語りしに、重ねて身を案じて、登山前に行く先必ず告ぐべしとの文おこせたる娘のあれば、その月の下旬、今より山に行く旨関越道の休憩所より伝ふるに、いみじうめでまどひしかば、後に詠みてつかはしける。

登山前行く先告げての言葉得て家族持つ身をしばし夢見る

挽歌

母みまかるとて

予定書く日付の数字見るたびにこの日に母はありやと想う

透視さる胸部を覆う影よりも肢体の細みに心痛める

採血の針に耐えない母の血管（みゃく）　出血痕（しゅっけっこん）のアザ多くなる

わが指示にわずかに動く母の腕　余命確かむ最後のリハビリ

体責む荒き呼吸も絶え絶えて　一息呑みて母みまかりぬ

春蘭の花咲き初むる晴れの午後　桜は見ずに母旅立ちぬ

七歳（ななとせ）経て遺骸（むくろ）になりてもどる母　畳に横たえ今何想う

母と共に父の遺骨と帰る道　今日またたどる母の遺骨と

賀状贈答

N_2

冬休みひたすら短歌を考えて結局できたのこれ一作品

かへし

三が日返歌なさんと意気込めど賀状五通に気も凹みけり

清水式部

過ぎ去った空白の日々思い出し　映されたのはクラスの風景

かへし

我もまたクラスの景色思い出しコロナ隠りの日々を耐へなむ

春田彩翔

コロナ禍でステイホームしだらだらと無駄な時間を過ごしすぎけり

かへし

だらだらと過ごすといふも歌を詠む課題忘れぬ心貴し

K・S

冬休み外出できずとじこもり家族との会話前より増えた

かへし

冬休み生徒と離れレジ打ちの娘との会話に絆まさぐる

りんごあめ

冬の朝ふとんぬくぬく起きられずそのまま寝続け一日終わる

かへし

厳冬の夜に負けじと厚寝巻　起きての着替えに身ぶるいの朝

にちか

はっさくを父母私食いつくし浪人兄はみかんを常備

かへし

山口の友より来る箱みかん　寂しさもある一人占め食い

ga・na

ふゆやすみクリスマスにはディズニーに　きょねんよりは静かな冬に

かへし

着ぐるみの中の人生思ふ我　夢見る君の羨(とも)しくもあり

伊藤寿梨

年越しもいつもと違う新年は祖父母に会えず心さびしい

かへし

舞ふ君の優しき面影オカズにし一人楽しむ年越しのソバ
　ダンス部の引退公演に招かるるに言寄せたり。

野村彩花

降りつもる白く切ない粉雪の聖なる夜に君誰想ふ

かへし

聖なる夜忍ぶる人のあるといふ君の想ひを叶へてしがな

かへしあたらずとてまた、　　　　　　　　彩花

摘みとった緑の花と笑う君　陰の蕾に気付くことなく

君語る少女の名数に胸曇る　我が名が占める場所はありやと

またのかへし

君や知る心のよすがなればこそ秘めたる名こそ恋しかりけれ

亜衣璃

あなたなし　どこか寂しいこの心　戻ってきてくれ故郷の地に

かへし

楽しげな笑顔に秘めた君の過去　慕る思ひも叶へてしがな

いろは

年の暮れ雑巾絞る乾いた手　終わりに掛ける正月飾

かへし

塵のごひ良き年来たれと我もまた注連縄掛けしコロナ禍の暮れ

武藤杏佳

澄んだ空　年の瀬歩く河川敷　遠くそびえる白髪の富士

かへし

我もまた河原の富士をしのびつつ返歌にいそしむ初春の日々

小川大納言の娘

年明けて気づく休みの短さを嘆く間に終わる休みぞ

かへし

冬休み尽くにおののく姫達を偲ぶも楽し返歌成す日々

またのかへし

歳長けて気づく余命の短さも君と学べば楽しくなるぞ

山下結衣

初詣　朝日がのぼり鐘ならす　良い年になると願う人々

かへし

人込みを避けて三日夜初詣　静寂の杜に身も引き締まる

元旦に窓から見えた白富士が輝いていた　良いことありそう

R.O

かへし

我が家よりかつては見えし富士の嶺　心弾んだ日々なつかしき

廣瀬菜緒子

初日の出　月は満月雲は無し　初富士おがめ良い事ありそう

かへし

元旦の日の出に吉兆見出して良縁求めなほ祈る我

K^2

駒沢に最後抜かれた創価大　詰めのあまさが総合課題

かへし

コロナ禍も応援多し　駅伝に春待つ人の心をぞ見る

笠　壺

今が旬　甘いも酸いも皆美味し　その上ヘルシー蜜柑最高

授業楽しとの文も添へたれば、かへし

授業へのやる気昂まる文見つめ蜜柑はおばる力得るべく

あお麻呂

通学路　友と歩いた冬の朝　さくさく鳴らす霜柱かな

同じ心とて、かへし

霜柱　支える地面踏みしめて凹み楽しむ冬の通学

鈴木長明

高三も国語の授業ならいたい　三上先生お願いします

かへし

高三の授業を願ふ君あれば同じ思ひを我もろともにせむ

長明殿の願ひかなひて、さながら進級したる三、四組理系娘を九月まで受け持つことになりぬ。

夏　桃

日々すぎる青すぎる人生（とき）その中で国語の時間たからものなり

かへし

愛すべき理系の君に伝うべく国語プリント今日もまた刷る

永眠にゃ

三学期　居眠りしない話聞く　優等生になれる気がする

かへし

しめやかに三つアミ決めた君の目に新たな年の決意をぞ見る

秋麻呂

きょうこそはべんきょうするとテスト前結局寝ちゃって結構やばい

かへし

人生は悔いの連続　さもあれど悔いる心ぞまた糧となる

桃　愛

冬籠もり　春の訪れ待ちわびてようやく届く花便りかな

かへし

コロナ禍で外出叶わず家籠り　花の便りに身をいかにせむ

椰弥子

夢うつつ　雪解けの陽と子守歌　喧騒の中鶯は鳴く

かへし

手に余る内職娘と無駄話　喧騒の中椰弥子は眠る

歌の心なかなか解き難けれど、授業中の己の夢想する様詠みたるかと見てかへすなり。

優　奈

ばあちゃんとたらのめとりに行きたいな夢ふくらませ山菜あじわう

かへし

風薫る野辺の息吹ぞ偲ばるる　無垢なる君の願ひ知りなば

コロナ禍で届ける山菜祖母の味　優奈祖母

萌える新芽に込める幸ひ　満

届きし荷山菜の香に祖母思う　優奈母

恵み果てなき故郷の春　満

亜衣璃

太陽(ひかり)さし目がさめ上向くひまわりと　海風とともにあなたのもとへ

かへし

青春の光の中に憧れる君の若さの夢ぞ羨(とも)しき

あとがき

王朝期の歌合わせの評語に「歌めく」というものがあります。いかにも歌にふさわしい表現を成し遂げていたり、風情をただよわせていたりすることをいう言葉のようです。本歌集の「歌めき」というのはこの「歌めく」という言葉に由来しますが、その意味は本来のものとは異なります。そんな用法が王朝期にあったかどうかわかりませんが、私は「歌めく」の「めく」を「春めく」の「めく」のように、「〜の兆しを醸し出す」というような意味とみなし、ここでは、「歌めき」を「歌を詠みたくなる気分」のような意味として使うことにしました。これは誤用の一種と言えるかもしれませんが、あえてこの言葉にそのような意味を負わせて題名に使うのは、今自分が歌を詠もうとしている気分を表わす語を求めるとき、王朝期の歌語「歌めく」に関わりをもつ「歌めき」以外に適切な言葉を見出せないからです。

おおよそ近代短歌の主流を占めるのは独詠歌といえるでしょう。私が歌らしきものを詠み始めたのは高校時代に遡りますが、当初詠んでいたのはやはり独詠歌でした。ところが、授業で接した王朝期の物語のいくつかに影響を受けたのか、私の創作の興味はたちまち贈答歌に移ります。

というか、好きになった同学年の女の子に歌を贈るということを始めたのです。幸い、相手の子はこちらの奇妙な趣味に付き合ってくれて、はじめての歌の贈答はまんまと成功しました。その際の贈答歌は稚拙さが勝るものであるため本歌集には載せていませんが、この女性には、この歌集成立の嚆矢をなした方としてまず感謝の言葉を捧げるべきでしょう。

それ以来、私の詠歌の中心は贈答歌となりました。というか、高校卒業以降、異性を好きになるごとに、相手に歌を贈ることをし始めたわけです。ただし「答歌」＝返歌を貰うことはほとんどありませんでした。これは相手にとってこちらが魅力不足であり、歌も力不足だったということもあったかもしれませんが、それ以上に、相手がそんな風習には不慣れなことと、返歌の出来によって自分を値踏みされることを避けたからだと、今は考えています。そのことについては、数すくない返歌の相手は、専ら体裁意識がまだ強いとはいえない年齢の子だったということをその証左としてあげられるかもしれません。

そうした状況にもめげず私は贈答歌のかたわれを詠み続けました。もっとも年齢がかさむにつれて贈答歌は恋歌の代名詞ではなく、親しい相手へのあいさつ代わりの要素も加味してゆくわけですが、それはいつしか、独身生活を続けたゆえの子孫の欠如を補うものとして世に残したいものとなりました。しかしながら、如何せん歌の性質上多くを詠めるものではなく、特に長年勤しんでそれなりの歌を詠む機会を得ていた学校を退職して以後は、詠作の機会も乏しいものになる一方、詠み貯めた歌で人の鑑賞に堪えるものの数はとても歌集などをまとめられるものではなく、それを世に問う思いは叶えられることなく終わるものと思っていました。

　そうした風向きが俄かに変わったのは、産休代用教員として昨年の六月から期限付きで今の女子校に勤めはじめてからです。八年近い空白期にも教える技は残っていたようで、その面で生徒に不安を与えるというようなことはなかったようですが、それ以上に好意的に迎えてもらえたのか、学園ドラマを彩る小さなエピソードを髣髴させてくれるような出来事が次々と起こったのです。その具体的な状況は本歌集のとりわけ「相聞」の部の後半の歌群の詞書きから推測していただけるかと思いますが、長らく近所のスーパーのバイトのお嬢さんや市民図書館での常連のお嬢さんとの間にわずかに作れていた「歌めく」時間が、大袈裟に言えば奔流のように押し寄せることになり、歌めく機会を作ってくれた生徒へのお礼の気持ちをかねた贈歌がその結晶として続々と生まれることになったのです。

私はかつて王朝期の物語の中の、会話のような速やかな歌の贈答を、自らの経験に鑑みて訝しく思うばかりでしたが、この時ばかりは、自分ながらいい調べと思われる歌が機会に応じて湯水が湧くように詠出される経験をし、それは実際にあったことなのだと実感するようになりました。そうした状況は今も継続しているようにみえますが、とりあえず、今の職場を辞するに際し、枯れ木に花を咲かせてくれるような「歌めきの時」をもたらしてくれた皆さんに謝意を表すべく、歌集をまとめることにしたのです。

本歌集には、こちらから生徒に詠みかけた歌とは別に、生徒の作に私が答える形の贈答歌群が含まれていますが、当初後者は今とは別な形でまとめられる予定でした。冬休みの任意課題として、短歌を読むことを提案したところ、先生が返歌してくれるなら応じてもいいということになり、さらに賀状として寄せられたものにはこちらも賀状の形で返歌をするという条件が加わって、それは実施の運びとなりました。私としては、こうしてできるはずの生徒との贈答歌集を、懇意の国語係の生徒の手助けを得て印刷製本し、それを当初予定されていた三月末の退職時の手土産にして学校を去る予定だったのです。

三学期になって文系の三年生の授業がなくなって以来、私が受け持っていたのは二年生の理系娘（2クラスにまたがるものながら、合計わずかに四十六名）のみであり、贈答歌の課題もこの娘達に課したものでした。実際のところ、昨夏以来始まった歌めく時空の創出は、受験で心の余裕がなかった三年生ではなく、ほぼ、定期試験時以外はあまり勉学に熱心とは言えないこの娘達およびその仲間の一部の文系娘のみによってのみなされたものでした。

この娘達は私の口車に乗せられて、詠歌の企てを受け入れたものの、いざ蓋を開けてみると、志向的に詠歌などに縁がない子が多かったせいか、冬休みが明けても提出されたのは該当者の半分に満たない数でしかありませんでした。おかげで私は易々と返歌を届けることができたわけですが、こんな状況では、取り立ててでもしない限りとても全員の歌の掲載はおぼつかないだろうということになり、それをまとめて退職の記念の置き土産にするという企ての実現は困難だということになってしまいました。

思案に暮れた中、考え付いたのが、今まで詠み貯めたものを歌集として出版し、そこに生徒との贈答歌を入れるということでした。そう考えたわけは、生徒への返歌も加えれば歌集として編むのに十分な歌数を確保することができるということと、歌を提出してくれた生徒と「歌めきの時」を作ってくれた生徒は重なる子も多いので、自分の歌集に生徒の歌も載せてあげれば、生徒への謝意をさらに示すこともできるからと言うことです。また、なぜか私の勤務期限が九月まで延びて、なお一層の歌めく時空の創出機会が増え、詠歌の数が増えることも予想されました。そこで、私はこうした目論見を、前著でお世話になった武蔵野書院の前田智彦氏に詠歌の幾つかとともに披歴し、ご相談したのですが、幸い快い賛同の言葉を得ることができ、かくして、新たに受け持つことになった生徒との歌も加え、このような形の歌集が世に出る運びとなったわけです。

本歌集に載るような歌は、その成立事情と不可分のものであり、当然詠歌成立のいきさつを説く詞書きが不可欠なわけですが、私はそれを古語で記すことにしました。その理由は、既に述べたように、私の歌が王朝物語的発想に由来していることと、それ以上に「歌めく」時空の叙述に充てられるのは日頃使われる言葉ではなく、それを超えた言葉であるべきだという考えからです。それにより、若年時の歌にまつわる出来事はともかく、昨今の学校生活での、定年過ぎの教員と女子高生との何気ない日常の一コマの、詩的な時空への昇華を可能ならしめることができたのではないかと密かに自負しています。

それはともかくとして、この歌集出版の目的の一つは現在の勤め先の生徒への感謝ですから、本歌集の装幀と題簽は勤め先のイメージを髣髴させるものとなることがふさわしいわけです。そこで、歌集の装幀と題簽は、アートデザイン科に在籍しかつ書道部でも達筆で知られる生徒、仲ひな乃さんにお願いすることにしました。また私の苦手とする校正に関しては、私の歌に最初に興味を示してくれた理系クラスの野村彩花さんと石田亜衣璃さんにお願いすることにしました。この三人については勿論かかわりのある歌が本歌集に収められています。

思えば本歌集の実現は一種の仏恩の結果ともいえるものです。仏教書の原稿を抱えながら出版の目途を立てられずにいた私と武蔵野書院との縁を、異分野への転出にも目をつぶり取り持って下さったのは、大学と院の指導教授であった中野幸一先生でしたが、院生時代そのご指導のもと、私が研究に勤しんでいたのは仏教的理念が重要な要素となっている『うつほ物語』でした。私の仏教への興味はそこに由来するわけですが、いまそこに淵源する仏教書を出していただいた御縁で本歌集の出版が可能になったわけです。

またその完成に「歌めきの時」を創出してくれた生徒との出会いが大きく寄与していることは述べた通りですが、その出会いは現代的な校舎ながら、その一角に鐘楼をもち、校舎のところどころに仏像仏画が安置される学校でなされたものでした。実際のところ、仏教書を出したことと、本校に勤めたことに表面的には何の因果もありませんが、数珠を携行し、いわばお線香色のブレザーを纏い、時々に念仏を唱える愛すべき生徒を思う時、本歌集の出版が実現できたことについてはやはり仏恩を感じざるを得ないわけです。

今願うことは、この歌めきによってもたらされた歌が私の単なる自己満足と生徒達との思い出に終わらず、多くの人の人生の一コマと親和性を結び、詩的時間を共有し得るものとなることです。最後に、既にふれたように本歌集の実現に際しては武蔵野書院の前田智彦氏のご配慮とご厚情をいただきました。心から感謝いたし、結びの言葉といたします。

令和三年八月七日

三上　満

《編著者紹介》

三上　満（みかみ　みつる）

1955年東京都生まれ。

早稲田大学教育学部国語国文学科卒業。

同大学大学院文学研究科博士課程満期退学（平安文学専攻）。

1981年～2012年、2020年6月～2021年9月都内および千葉県内の私立中学高等学校に国語科教員として在職。現在千葉県八千代市在住。

　著書に『原典でたどる仏教哲学入門 I　釈迦の教え』（武蔵野書院、2017年3月）がある。

歌めき　三上満贈答歌集

2021年9月9日 初版第1刷発行

編著者：三上　満
発行者：前田智彦
校正参画：野村彩花・石田亜衣璃
装画及び題簽：仲 ひな乃
装　　幀：仲 ひな乃＆武蔵野書院装幀室

発行所：武蔵野書院
〒101-0054
東京都千代田区神田錦町3-11
電話 03-3291-4859　FAX 03-3291-4839

印刷製本：三美印刷㈱

ISBN 978-4-8386-0496-8 Printed in Japan